VENTE
Pour cause de départ
Le Lundi 16 Décembre 1912
HOTEL DROUOT, SALLE N° 1
A DEUX HEURES

BEAUX MEUBLES
ET
OBJETS D'ART
PORCELAINES, MARBRES, BRONZES
TABLEAUX
Salon en Tapisserie d'Aubusson
DEUX PANNEAUX D'ANCIENNE TAPISSERIE

Appartenant à Monsieur X...

COMMISSAIRE-PRISEUR
Me F. LAIR-DUBREUIL
EXPERT
M. GEORGES GUILLAUME

CATALOGUE

DES

BEAUX MEUBLES & OBJETS D'ART

PORCELAINES, MARBRES, BRONZES

TABLEAUX, PASTELS ET DESSINS

Par, d'après, ou attribués à :

APPIAN, BERTIN, BESCHEY, BOILLY, BOUCHER, VAN BREDAEL
CARRIER-BELLEUSE, DAUMIER, DIÉTRICH, FRANCK, DE HEEM, LEPRINCE
MOLENAER, NESTCHER, VAN OSTADE, PATER, POURBUS, PRUDHON
RAOUX, VERNET ET AUTRES

MEUBLES & SIÈGES

Armoires, Commodes, Secrétaires, Vitrines, Bureaux, Bibliothèques
Poudreuses, Encoignures, Dessertes
Paravents, Tables et Supports variés, Glaces, etc.

MOBILIER DE SALON EN TAPISSERIE D'AUBUSSON

DEUX PANNEAUX EN ANCIENNE TAPISSERIE

Le tout appartenant à Monsieur X...

DONT LA VENTE, POUR CAUSE DE DÉPART, AURA LIEU

HOTEL DROUOT, SALLE N° 1

LE LUNDI 16 DÉCEMBRE 1912

à deux heures

COMMISSAIRE-PRISEUR
Me F. LAIR-DUBREUIL
6, rue Favart

EXPERT
M. Georges GUILLAUME
13, rue d'Aumale

EXPOSITION PUBLIQUE

Le Dimanche 15 Décembre 1912, de 2 heures à 6 heures

CONDITIONS DE LA VENTE

Elle sera faite au comptant.

Les adjudicataires paieront *dix pour cent* en sus des enchères.

L'exposition mettant le public à même de se rendre compte de l'état et de la nature des objets, aucune réclamation ne sera admise une fois l'adjudication prononcée.

Paris. — Imp. de l'Art, Ch. Berger, 41, rue de la Victoire

DÉSIGNATION

TABLEAUX

APPIAN

1 — *Bords de rivière.*

Toile.

BESCHEY (Attribué à)

2 — *Portrait d'Homme en habit bleu, tenant ses lunettes.*

Toile.

BOILLY (Genre de)

3 — *Portrait de Femme.*

Petite toile.

BREDAEL (Attribué à VAN)

4 — *Combat de cavalerie.*

Toile.

CÉRAMANO

5 — *Bergère et son troupeau sur la lisière d'un bois.*

Toile.

CONSTABLE (École de)

6 — *Paysage avec cours d'eau.*

Panneau.

COURTOIS (JACQUES), dit LE BOURGUIGNON

7 — *Choc de cavalerie.*

Toile.

Cadre en bois sculpté.

DIETRICH (Attribué à)

8 — *Scène champêtre.*

Toile ovale.

FRANCK (École de)

9 — *Les Oracles.*

Composition de nombreux personnages.

Cuivre.

GARAUD (GUSTAVE)

10 — *Paysage.*

Toile.

GIRAUD

11 — *Propos galants.*

Toile.

HEEM (DAVID DE)

12 — *Fruits et natures mortes.*

Toile.

HOLBEIN (Genre de)

13 — *Portrait d'Evêque.*

Panneau.

LAGRENÉE (Genre de)

14 — *Scène mythologique.*

Toile.

MÉLIN

15 — *Chiens couplés.*

Toile.

MOLENAER (Attribué à)

16 — *La Tabagie.*

Nombreux personnages riant, fumant, se livrant à la galanterie.

Toile.

NETSCHER (Attribué à)

17 — *Portrait de Gentilhomme à longue perruque.*

Toile.

OSTADE (Genre de VAN)

18 — *Le Savetier.*

Panneau.

PATER (Ecole de)

19 — *Divertissement champêtre.*

Panneau.

PAYMAL AMOUROUX

20 — *Portrait de Femme, décolletée et coiffée d'un grand chapeau blanc.*

Toile.

POURBUS (?)

21 — *Portrait de Gentilhomme, en pourpoint noir et collerette blanche.*

Toile. Signée à droite.

POUSSIN (École du)

22 — *Le Christ et deux disciples dans un paysage.*

Toile.

PRUDHON (Attribué à)

23 — *Portrait d'Homme.*

Toile.

RAOUX (Attribué à)

24 — *Scènes galantes.*

Deux pendants sur toile.

VERNET (Carle)

25 — *Cavaliers dans la montagne.*

Toile.

ÉCOLE ANGLAISE

26 — *Le Petit écolier.*

Toile.

ÉCOLE ANGLAISE

27 — *Portrait de Jeune Femme blonde en robe blanche.*

Toile.

ÉCOLE ANGLAISE

28 — *Portrait de Femme, coiffée d'un bonnet blanc enrubanné.*

Toile.

ÉCOLE ANGLAISE

29 — *Portrait d'Homme.*

Carton.

ÉCOLE DE BOLOGNE

30 — *Le Christ en croix.*

Milieu de triptyque, à encadrement architectural.

Panneau.

ÉCOLE FLAMANDE

31 — *La Famille en promenade.*

Panneau.

ÉCOLE FLAMANDE

32 — *Scène de la vie du Christ.*

Composition de nombreux personnages.

Panneau.

ÉCOLE FLAMANDE

33 — *Scènes de l'Histoire ancienne.*

Suite de quatre petites peintures sur cuivre.

ÉCOLE FRANÇAISE (XVIIIe siècle)

34 — *Portrait de Jeune Fille, tenant une guirlande de fleurs.*

Toile.

ÉCOLE FRANÇAISE (XVIIIe siècle)

35 — *Portrait de Joseph de Malarmey, comte de Roussillon, en habit rouge.*

Toile.

ÉCOLE FRANÇAISE (XVIIIe siècle)

36 — *Portrait de gentilhomme en costume Louis XIV, orné de dentelles.*

Toile.

Cadre en bois sculpté.

PASTELS, DESSINS

GRAVURES

BERTIN

37 — *La Chasse de Diane.*

Dessin.

BOUCHER (École de)

38 — *Portrait de Jeune Fille, tenant une corbeille de fleurs.*

Pastel.

Cadre ancien.

BOUCHER (École de)

39 — *Rêverie.*

Pastel.

CARRIER-BELLEUSE (Pierre)

40 — *La Jeunesse.*

Pastel.

DARTIGUE

41 — *Scènes champêtres.*

Deux pastels.

DAUMIER (Attribué à)

42 — *La Partie de billard.*

Deux pendants.

DEBUCOURT (D'après)

43 — *La Promenade publique.*

Épreuve en couleurs.

GREUZE (École de)

44 — *La Cruche cassée.*

Pastel ovale.

LEPRINCE (Attribué à)

45 — *Personnages dans un jardin avec pagode.*

Dessin à la sanguine.

PRUDHON (Attribué à)

46 — *Portrait de Femme assise.*

Dessin.

LA ROSALBA (Attribué à)

47 — *Portrait de Jeune Femme tenant un message.*

Pastel ovale.

SINGLETON (D'après)

48 — *Searcity in India.*

48 *bis* — *British plenty.*

Deux épreuves en couleurs gravées par BARTOLOTTI.

ÉCOLE FRANÇAISE

49 — *Portrait d'Homme en bonnet de nuit.*

Pastel.

ÉCOLE FRANÇAISE

50 — *Portrait de Femme avec fleurs dans les cheveux.*

Pastel ovale.

ÉCOLE FRANÇAISE

51 — *Portrait de Femme en corsage rose.*

Pastel.

Cadre en bois sculpté.

ÉCOLE FRANÇAISE

52 — *Portrait d'Homme en costume Louis XIV.*

Dessin rehaussé.

ÉCOLE FRANÇAISE

53 — *Le Retour du Chasseur.*

Épreuve rehaussée.

ÉCOLE FRANÇAISE (XVIIIe siècle)

54 — *Portrait de Femme en corsage bleu décolleté.*

Pastel.

ÉCOLE FRANÇAISE (XVIIIe siècle)

55 — *Portrait de Jeune Gentilhomme en costume Louis XV.*

Pastel.

ÉCOLE FRANÇAISE (XVIIIe siècle)

56 — *Portrait de Femme et de sa Fille en robe bleue et robe rose.*

Pastel.

PORCELAINES

57 — Deux petits seaux en porcelaine de Sèvres, décorés d'oiseaux, fleurs et fruits.

58 — Paire de potiches avec couvercles en porcelaine de Chine bleu et blanc, à décor de fleurs et papillons.

59 — Paire de petites potiches avec couvercles en craquelé de Chine, à fond gris et décor de fleurs en vert et rouge.

60 — Paire de grosses potiches avec couvercles en porcelaine de Chine, à décor de personnages.

61 — Paire de potiches avec couvercles en porcelaine de Chine fond bleu et blanc, décorées de fleurs et volatiles.

62 — Potiche en porcelaine de Chine à fond gros bleu avec réserves de médaillons et vases fleuris.

63 — Trois grosses potiches avec couvercles surmontés d'une chimère en ancienne porcelaine du Japon, à décor de fleurs en bleu, rouge et or, de lambrequins et chimères.

MARBRES

64 — Buste grandeur nature en marbre blanc : « La Princesse de Lamballe ».

65 — Buste en marbre blanc : Diane.

66 — Buste en marbre blanc : Diane, socle en marbre griotte.

67 — Buste en marbre blanc : Voltaire.

68 — Grand buste en marbre : Charles Ier, en armure et portant l'Ordre de Saint-Georges.

69 — Grand buste en marbre : Marguerite de Valois en costume de cour.

70 — Groupe en marbre : Enfant assis sur un coussin, attribué à PIGALLE ; socle en bronze doré.

71 — Groupe en marbre : L'Offrande à Priape, de CARRIER-BELLEUSE.

72 — Groupe en marbre : L'Innocence tourmentée par les amours, de MADRASSI.

73 — Statuette en marbre : Marguerite, de LANDUCCI.

74 — Statuette en marbre blanc : Chasseresse, de CARRIER-BELLEUSE.

75 — Statuette en marbre blanc : La Femme au rocher, de MADRASSI.

76 — Statue grandeur nature en marbre blanc : *Vénus pudique.*

77 — Bas-relief en marbre : Vierge et enfant. Style du XVIe siècle.

78 — Paire de vases couverts en marbre vert, à monture de bronze ciselé et doré ; anses formées par des têtes de béliers. Style Louis XVI.

79 à 81 — Huit gaînes-supports en marbre blanc orné de bronze doré.

BRONZES

82 — Pendule en bronze ciselé et doré formée par un groupe allégorique : Mme de Pompadour présentant à un Amour le médaillon de Louis XV. Le mouvement repose sur un amoncellement de livres. Le socle offre, en bas-relief, des amours et des têtes de femme. Le contre-socle en bois noir est orné d'une frise en bronze doré. XVIIIe siècle.

83 — Pendule, forme monument, en marbre, supportée par quatre lions couchés et couronnée par une statue de Minerve en bronze doré. Époque fin XVIIIe siècle.

84 — Grande pendule, style Louis XIV, en marqueterie de cuivre et d'écaille, avec ornements en bronze genre Boulle.

85 — Pendule, style Louis XV, en bronze ciselé et doré.

86 — Service à liqueurs sur plateau à fond de glace ; monture en bronze doré Empire.

87 — Groupe en bronze à patine claire : Amour et Centaure.

88 — Buste en bronze à patine brune : Diane, d'après HOUDON.

89 — Buste grandeur nature, représentant « Bonaparte », en bronze à patine verte, de MADRASSI.

90 — Groupe en bronze à patine verte, par DELABRIÈRE : Lion et gibier.

91 — Petit buste de Diane en bronze doré.

92 — Statuette en bronze patiné : « Amour à l'arc », socle en marbre vert.

93 — Petit buste en bronze patiné : « Parisienne », de MADRASSI.

94 — Statuette équestre de Louis XIV en bronze à patine brune, avec son socle en marqueterie de cuivre sur écaille et bois noir, orné d'un médaillon à l'effigie du Roi.

95 — Statuette de femme drapée à l'antique. Bronze à patine brune.

96 — Deux supports de coupes en bronze doré, Empire.

97 — Statue en bronze doré représentant le Dieu de la Fortune. Remarquable pièce ancienne du Japon.

98 — Vase en ancien émail cloisonné de Chine, à fond turquoise et décor en couleurs.

MEUBLES ET SIÈGES

TAPISSERIES, TENTURES

99 — Grand meuble à double face, formant commode, bureau et cartonnier, en acajou orné de bronzes. Premier Empire.

100 — Grande bibliothèque, ouvrant à trois portes vitrées, en bois de citronnier et marqueterie. *Maison Maple.*

101 — Deux meubles d'appui en bois de citronnier et marqueterie, ouvrant à deux portes et deux tiroirs. *Maison Maple.*

102 — Support, ouvrant à une porte, en bois de citronnier. *Maison Maple.*

103 — Vitrine de milieu à quatre faces, en bois de noyer sculpté, à décor de masques et ornements divers. Sur table à tiroir. Style Renaissance.

104 — Meuble à liqueurs avec glacière dans le bas, le dessus ouvrant à abattant, en acajou moucheté et filets de citronnier (avec verrerie). Travail anglais de Lipton.

105 — Petite vitrine en bois sculpté et doré. Style Louis XVI.

106 — Desserte-chiffonnière Louis XVI, en acajou, à fond de glace et étagères; dessus en marbre à galerie de cuivre.

107 — Petit secrétaire Louis XVI en bois de rose; ornements en cuivre.

108 — Petit bureau de dame, de style Louis XVI, en bois de rose et marqueterie de bois de couleur. Dessus à abattant.

109 — Petite commode, de style Louis XVI, ouvrant à deux tiroirs, en acajou, garnie de cuivres. Dessus en marbre blanc.

110 — Deux petites commodes Louis XVI, en bois de placage orné de cuivre, ouvrant à trois tiroirs; dessus en marbre.

111 — Petite commode Louis XVI à côtés cintrés, ouvrant à trois tiroirs en acajou; dessus en marbre blanc à galerie de cuivre.

112 — Grande commode Louis XVI en noyer sculpté, ouvrant à trois tiroirs, avec poignées de bronze doré.

113 — Commode à trois rangs de tiroirs en noyer, garnie de moulures de cuivre. Époque Louis XVI.

114 — Commode à trois rangs de tiroirs en bois de rose, palissandre et marqueterie, garnie de bronzes dorés; dessus en marbre. XVIIIe siècle.

115 — Meuble à deux corps, ouvrant à quatre portes, en noyer sculpté et offrant sur les panneaux du haut des sujets mythologiques : Junon et le paon, Vénus et l'amour sous des portiques. Les panneaux du bas présentent des mascarons sur des cartouches ornementés; montants à chutes de fruits. En partie du XVIe siècle.

116 — Meuble à deux corps, formant armoire et commode, en bois sculpté, à décor de rocailles. Époque Louis XV.

117 — Commode Louis XVI à trois rangs de tiroirs en marqueterie de bois de rose, ornée de bronzes; dessus en marbre.

118 — Table-bureau en marqueterie de bois de rose, à damiers. XVIIIe siècle.

119 — Meuble-bibliothèque, à trois portes grillagées, en bois de rose et palissandre, orné de bronzes; dessus en marbre. Style Louis XV.

120 — Commode, de forme cintrée, ouvrant, à trois tiroirs, en bois de rose, garnie de bronzes ciselés et dorés à mascarons, chutes, cariatides, poignées et encadrements; dessus en marbre. Style Régence.

121 — Table de salon en bois sculpté et doré; pieds à cariatides de béliers avec entrejambe. Style Louis XVI.

122 — Petite table formant vitrine en bois de citronnier, ornée de peintures fleurs et médaillons (portraits de femmes). Style anglais.

123 — Petite commode ouvrant à trois tiroirs en marqueterie de bois de rose à losanges. Style Louis XVI.

124 — Meuble formant classeur, à portes coulissées et secrétaire, avec tiroirs, en bois de rose. Style Louis XVI.

125 — Deux petits meubles-chiffonniers, de style Louis XVI, ouvrant à quatre tiroirs, en bois de rose; poignées et entrées de serrure en bronze. Dessus en marbre.

126 — Grande vitrine à côtés cintrés, de style Louis XVI en bois de rose et palissandre; ornements en bronze. (Le fond est garni de damas vert.)

127 — Petit meuble, formant bureau et bibliothèque grillagée, en bois de rose, avec ornements en bronze. Style Louis XVI.

128 — Secrétaire Louis XVI, à abattant, en bois de rose et marqueterie de bois de couleur ; décor à vases fleuris ; ornements en bronze et dessus de marbre.

129 — Petit meuble d'entre-deux, ouvrant à une porte, en bois de rose. Style Louis XVI.

130 — Grande commode, ouvrant à deux tiroirs, en marqueterie de bois de rose et de violette ; ornements, poignées, chutes et sabots en bronze ciselé et doré ; dessus en marbre. Style Louis XVI.

131 — Meuble en acajou formant commode et bureau à cylindre ; poignées et entrées de serrures en bronze. Travail hollandais du XVIIIe siècle.

132 — Poudreuse, de style Louis XVI, en bois de rose et marqueterie à fleurs.

133 — Petite table, formant bureau de dame, en marqueterie de bois de rose. Style Louis XVI.

134 — Table à jeu en marqueterie de bois de rose, à damiers. Style Louis XVI.

135 — Secrétaire en bois de rose et marqueterie orné de bronzes ; Dessus en marbre. Style Louis XVI.

136 — Bibliothèque de style Louis XVI, ouvrant à deux portes grillagées, en bois de violette, les côtés marquetés à losanges. Dessus en marbre.

137 — Encoignure à deux corps, le haut formant vitrine, en marqueterie hollandaise.

138 — Desserte Louis XVI en acajou orné de bronzes, portant le poinçon de maître ébéniste.

139 — Table rectangulaire en bois de rose et palissandre, garnie de bronzes. Style Louis XV.

140 — Table de salon en bois sculpté et doré, avec pieds à masques humains. Style XVIIIe siècle.

141 — Paravent à trois feuilles en bois sculpté et doré, garnies de brocart ; partie supérieure ornée de glaces. Style Louis XVI.

142 — Paravent à trois feuilles en bois sculpté et doré garnies de soierie à fleurs ; partie supérieure ornée de gravures en couleurs sur fond de glace.

143 — Deux colonnes en bois sculpté à fond doré et surmontées de chapiteaux. XVIIe siècle.

144 — Deux glaces, avec encadrements à rocailles en bois sculpté et doré.

145 — Ameublement de salon, comprenant un grand canapé et quatre fauteuils en bois sculpté et doré, couverts de tapisserie d'Aubusson à sujets dits : Les Muses ; dossiers à personnages et dessus des sièges à trophées allégoriques. Style XVIIIe siècle.

146 — Un canapé, deux fauteuils et deux chaises en bois sculpté et doré, couverts de brocart rouge lamé d'or. Style Louis XIV.

147 — Bergère en noyer sculpté, avec coussin et garniture en brocatelle brochée. Style Louis XVI.

148 — Trois fauteuils Louis XIV en bois sculpté, foncés de canne.

149 — Fauteuil Louis XVI en noyer sculpté, couvert en tapisserie au petit point.

150 — Deux chaises Louis XVI en bois sculpté et laqué blanc, couvertes de soie brochée bleu et blanc.

151 — Deux chaises Louis XIV en noyer sculpté et ciré, garnies de damas vert.

152 — Deux tapisseries, représentant des scènes de l'Histoire ancienne au milieu de paysages, avec monuments en ruines ; bordures simulant des encadrements fleuris. Aubusson, XVIIIe siècle

153 — Quatre rideaux en soie moirée jaune.

154 — Objets omis.

www.ingramcontent.com/pod-product-compliance
Ingram Content Group UK Ltd.
Pitfield, Milton Keynes, MK11 3LW, UK
UKHW021040260726
13994UKWH00005B/2266

9 782329 352404